JN301467

人体詩抄

詩／新川和江

画／甲斐清子

玲風書房

人体詩抄

海

わたしが立ちあがると
腕からも　乳房からも　脹脛《ふくらはぎ》からも
海がしたたる
都会のただ中の高層建築の最上階にいる時も
山岳地方をひとりで旅している時も
わたしは絶えずわたしの中に
潮鳴りを聴いている

母の胎内にも
海水と成分を同じくする水が湛《たた》えられていて
陽の下にあらわれる前のわたしは
その海に浮び
ちゃぷちゃぷ水遊びをしていた
あの頃の一日の
なんとのどかに永かったことだろう

わたしは海で出来ているのだと
思うようになったのは　かなり長じてからのことだ
満ち引きを正確にくり返すものが
わたしの中にあるのだ
魚が泳ぎ　とびはねるのだ
時として溺死したおとこが
難破船の檣頭《しょうとう》のように朝の渚に漂着するのだ

かぶりのシャツ

いくらいっても
シャツといっしょに
この子は何かを脱いでしまう
パジャマも着ずに
また素裸で　ねてしまった子
寝相をなおしてやりながら
しげしげと見る

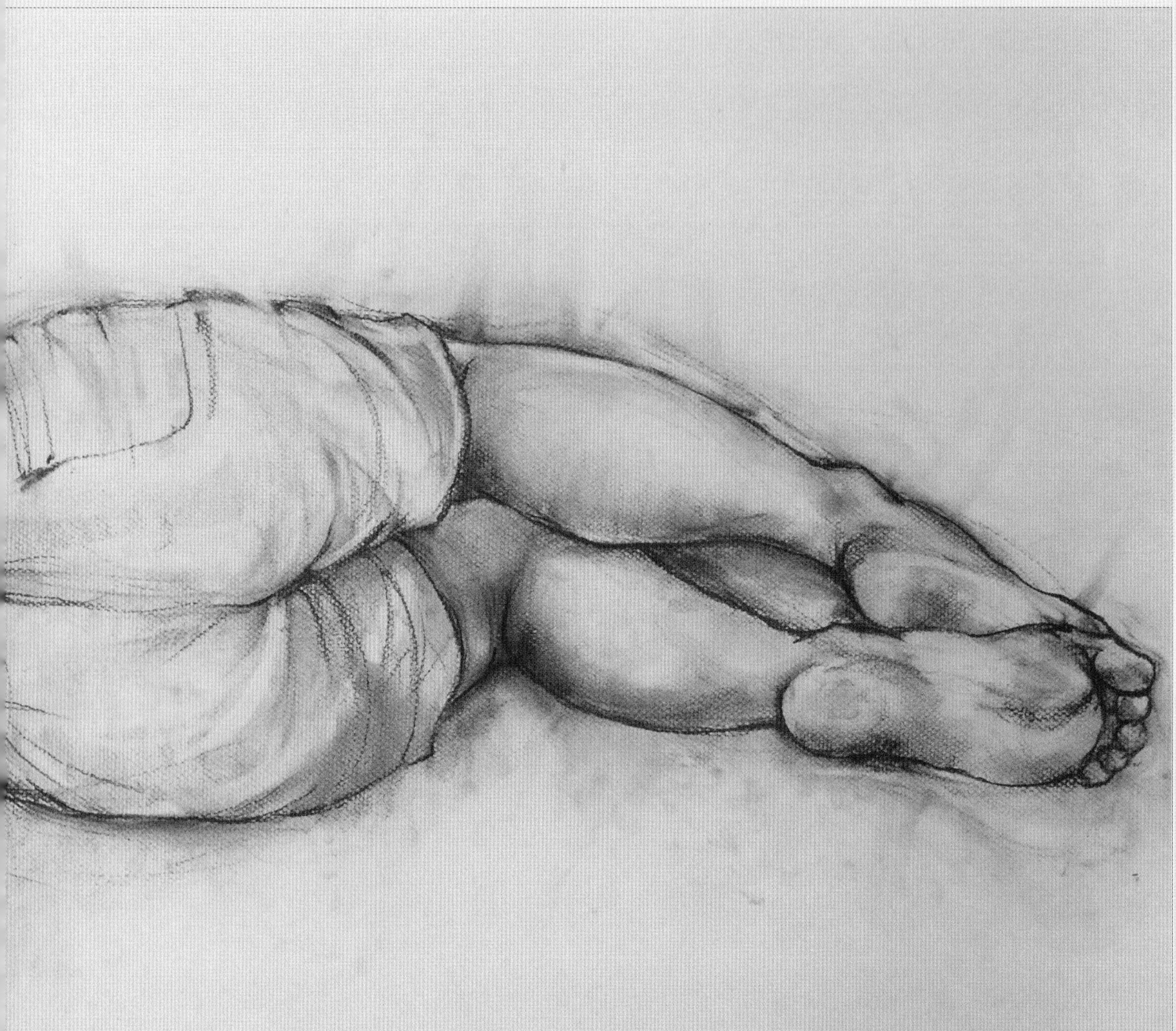

これが　わたしの子？
シャツを抓《つま》みあげてみる
また寝顔をのぞく
これが　わたしの子？
いいえ　知らない　わたしは知らない
ここに寝ている子
たおれている木
落ちている星
岸をなくした　舟

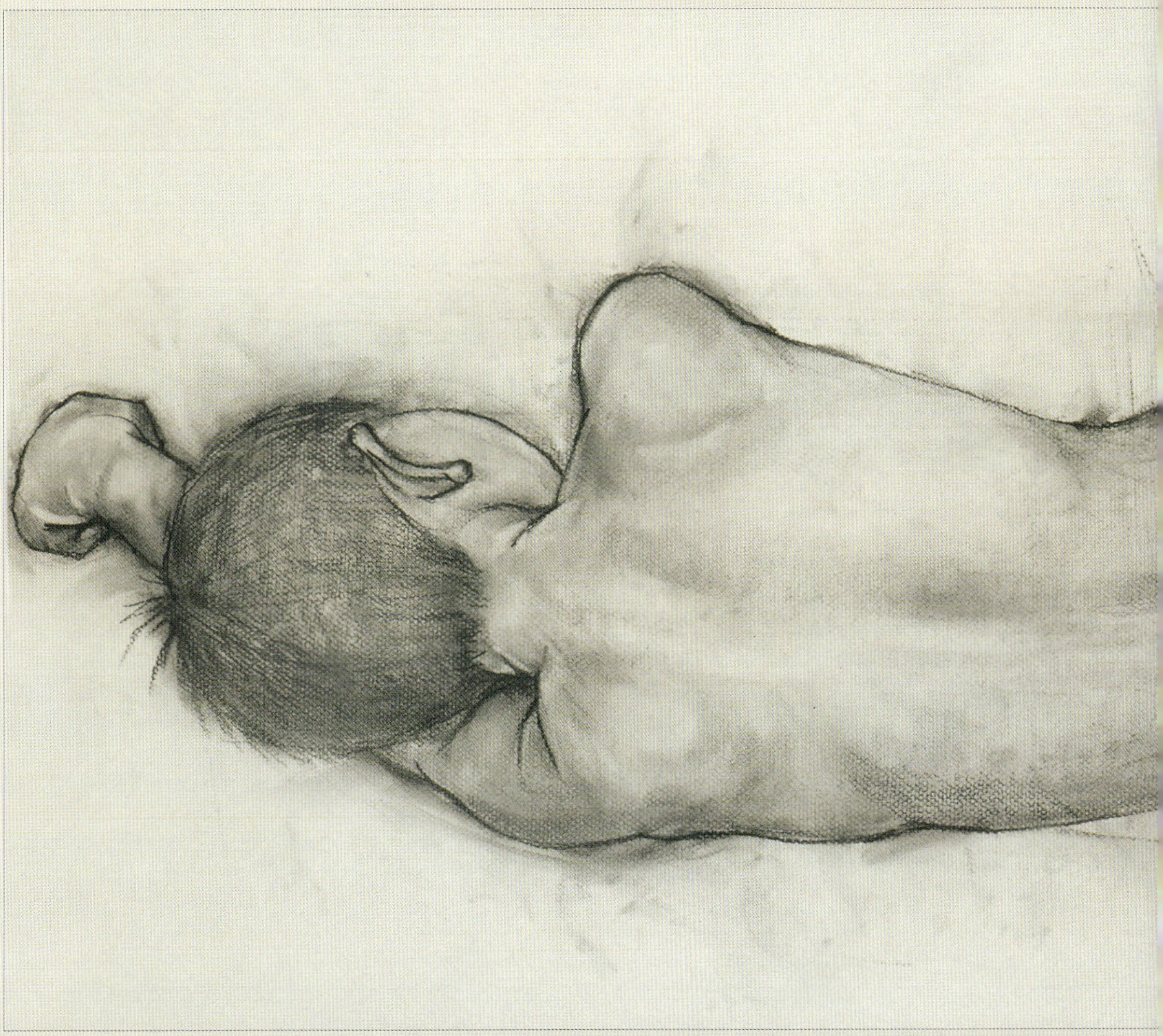

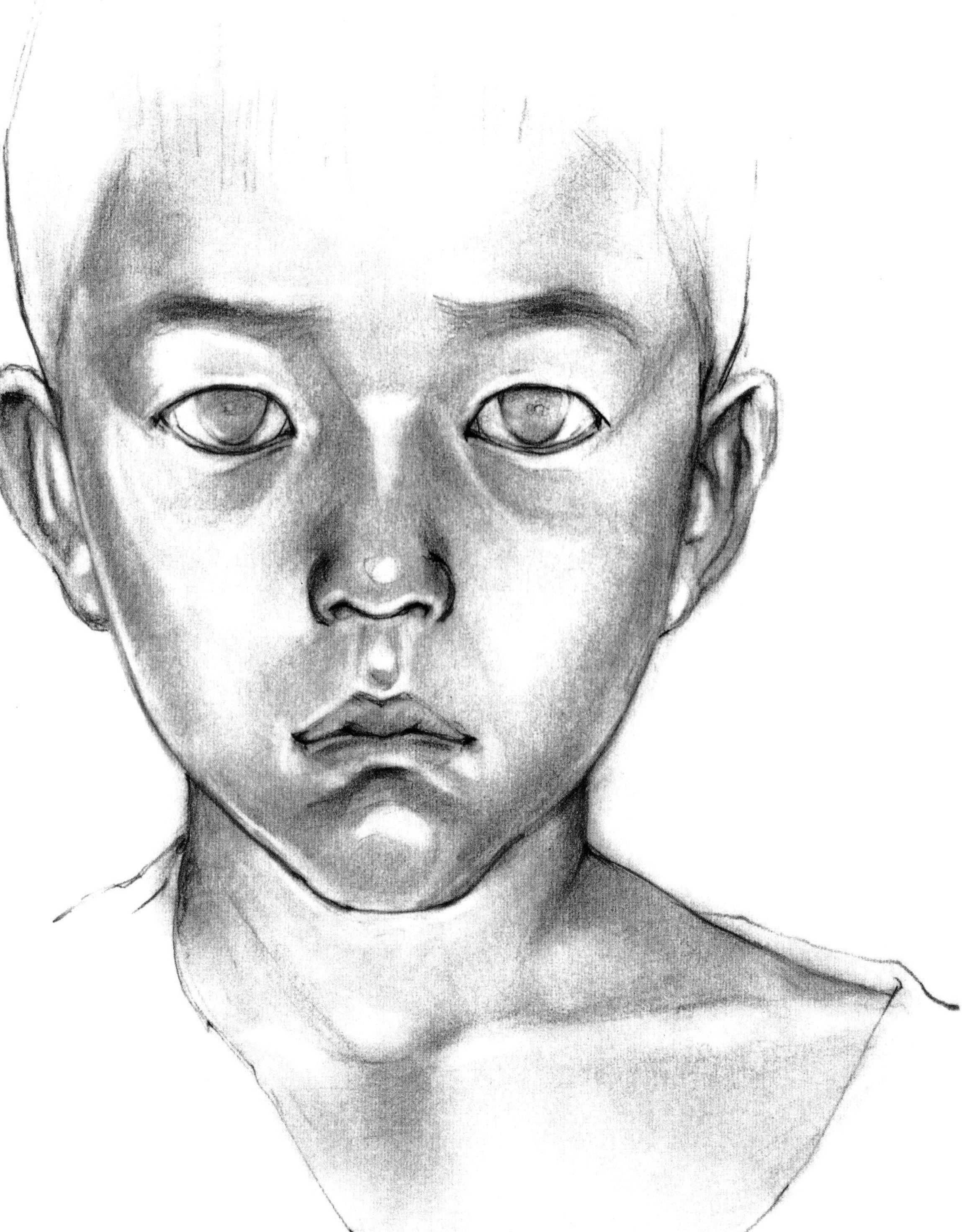

口

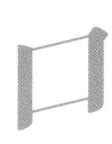

鳥は羽で数えられる
魚は尾で数えられる
口で数えられる　人間の口のせつなさ

難民も王様も
つまるところ一個の口で
最低ひとつの椀《わん》と　いっぽんの匙《さじ》が要る

粥がうすい　うすいと
わめく口は縫われる
のどの奥に蠢《うごめ》くのは
ちみもうりょう
堰《せ》き止められた声たちのおんりょう

まだ片言でも
ひとことと　ひとことが
花びらみたいにいい匂いをたてるのは
おかあさんのおっぱいしか咥《くわ》えたことのない
赤ちゃんのくちびるだけです

目

目は
あかつきの最初の光を　捉《とら》える
〈もの〉を捉える　〈かたち〉を捉える
おくられる合図を
おのれの今在《あ》る位置を　捉える
どの器官よりもすばやく　正確に

目は
鏡の中に湧く靄《もや》を　あばく
夢をあばく　罠《わな》をあばく
月の痘《あばた》を
王様のはだかを　あばく
飛び出しナイフのよう　視線を閃《ひらめ》かせて

目は
こころの露《あらわ》な傷口　その痛みにうるむ
〈さようなら〉にうるむ　〈こんにちわ〉にうるむ
見知らぬ少年兵士の死に
他人の家のしあわせの灯に　うるむ
雨の中のふた粒の葡萄のように

目は
うつくしい夕焼けを　蔵《しま》う
薔薇を蔵う　水平線を蔵う
優しい人の手紙の文字を
おもかげを蔵う
まつげに縁どられたその瞼《まぶた》のうらに

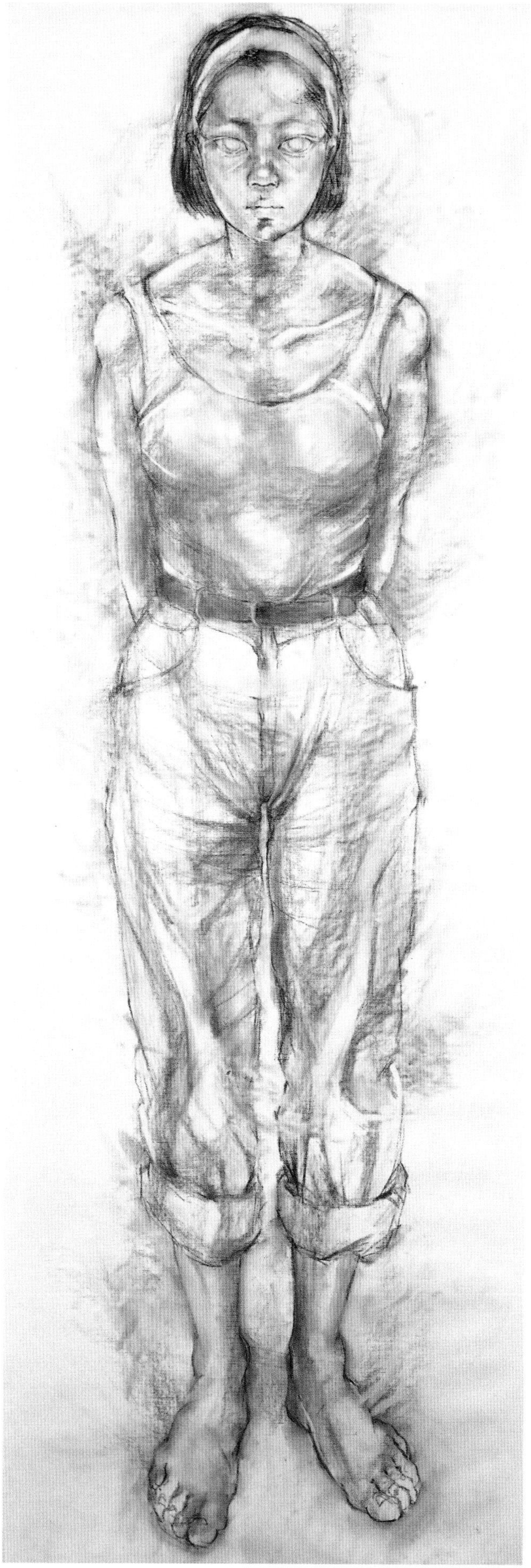

青草の野を

おかあさんが言ったわ
女の子のいのちの中には
やさしい川が　流れているのだって

晩春の光があふれて
ムンムンするような　青草の野を
駆《か》けていったとき　はじめて
わたしにもわかりました　女の子の
いのちの中には川が流れていると

おさかなが　とびはねる
水藻《みずも》がゆらぐ　遠くで海の潮鳴りがする

わかりました　とてもたくましいひとの
胸のようなひろい野原を
駆けていったとき——

鼻

鼻というものは　夜ひとりになると
にょきにょきにょきにょき　伸びるらしい
天井をつき破り
屋根の恋猫をにゃんと跳び退かせ
いい気分で夜風に吹かれながら
高々《たかだか》と 雲の上まで伸びるらしい

花摘みにきた天女が
「あら　つくしが生えているわ」といって
手籠にいっぱい摘んで帰り
オヒタシ或いはゴマヨゴシにして
神様の朝の食膳に供する

混んだ通勤電車に乗ると
マスクをした人たちがやたらに目につく
「悪い風邪《かぜ》がはやっていますな」
などとあいさつし合っているが
あのマスクの下は　どうなっているのやら
は！　は！　はくしょん！

耳

母のなかの遠い渚《なぎさ》で
貝拾いをした記憶が　私にはある
ふしぎな襞《ひだ》をもつ二枚の貝殻を
私は合わせ　確かめたうえで
髪かざりでも挿すようなぐあいに
顔の左右に　シンメトリカルに留めつけた

はじめにはいってきたのは　潮鳴りだった
月に牽かれて　波は優しく泡立っていた
もののかたちも知らぬままに
私は二枚の貝殻がとらえる音を聞きとっていった
あれは釣瓶《つるべ》の音　あれはセコンドの音
あれは　往還を走る車の　警笛《クラクション》……
だからこの世に生れ出たとき
ひどくなつかしげに　私はそれらのものたちを見た

それにしても
この子の耳は　なんてさみしそうなのだろう
と母は言い　大きくなると恋びとも言った
福耳《ふくみみ》ではないのだ　でも
孤独げであったとしても無理はないのだ
離ればなれに留めつけられて以来
二枚の貝殻はついに——おそらく永遠に
相会う機会《おり》がないのだもの

顳顬《こめかみ》

こめかみの裏がわに
折りたたまれて　しまわれている地図
不眠の夜
ひろげてもひろげても　まだたたまれている部分があって
どうやらそこには
夢の都《みやこ》がしるされているらしいのだが

とほうもなくひろがるのは
痩せた土地や　船影もない荒磯《ありそ》ばかり
花も咲かず　鳥も飛ばず
こんなにさびしい風景は
この世のどこにも見あたらない

誰も　はいりこめない
誰をも　誘い入れられない
ひとりで歩むよりほかない　いくすじかの径《みち》に
時として　稲妻のよう　痛みがはしり
こめかみに青く　透《す》けて見える

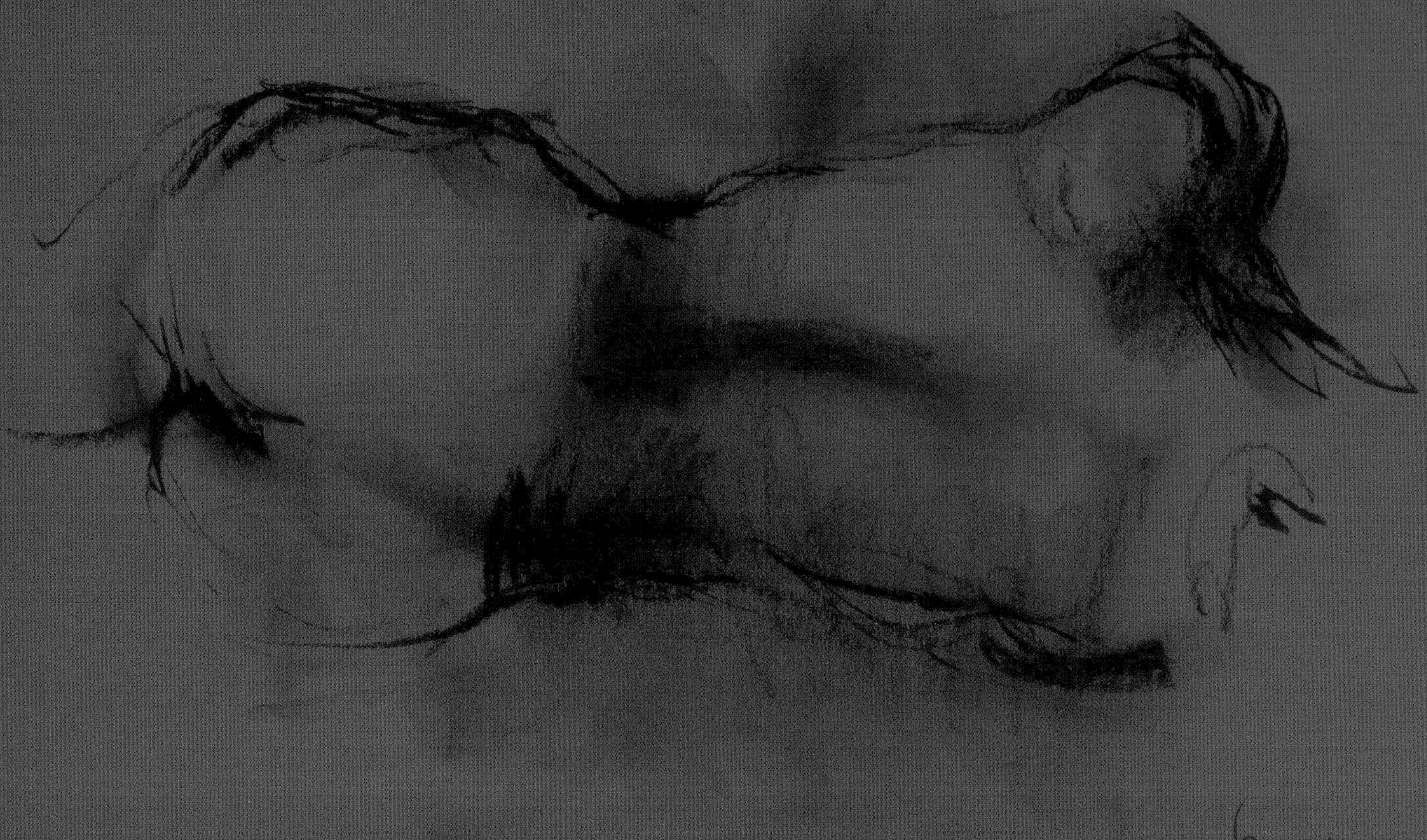

背中

雑踏の中を歩きながら
ひとは　自分の背中を
見知らぬ遠い国のように思う
はるかな地平線のように思う

陽はいくつ昇り　また沈んだことだろう
その地平線に
野の花の一りんや二りん
咲くこともあるのだろうか　その片ほとりに

他人の背中を
ひとは或る種のなつかしみをこめて　うち眺める
くまなく摩《さす》ってみたく思う　そうすることで
おのれの背後のはるかさを計ってみたく思う

掌《てのひら》

ペンを持っている
包丁をさばいている
買物袋をさげている
水道の蛇口をひねっている
菜園の土を掘っている

しかし夜更けて　しみじみ眺めるてのひらは
どの夜も
あっけらかんと　からっぽだ

けっして多くは望んでいない
このてのひらにひと盛りの
確実な〈応答《こたえ》〉を載せてもらえるならば

――ください
何もないうす暗がりに差し出してみる
ひとりの部屋で　私はあわれなもの乞《ご》いだ

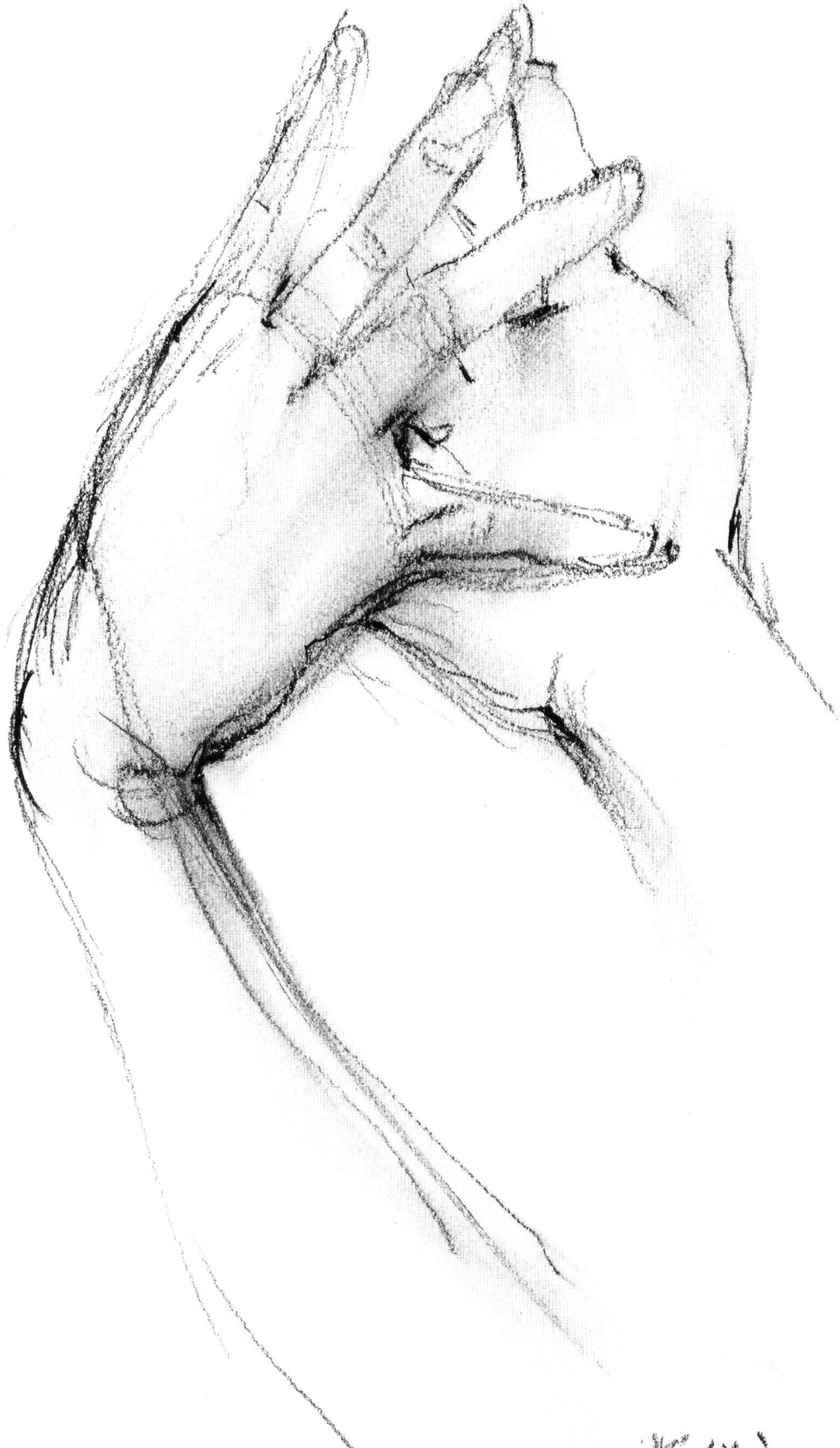

血管

わたしがかかえている闇は深く大きい
億年の夜を合わせたよりもさらに長い
いずこから来て　いずこへ流れてゆくのであろう
川があり
太古の犬が耳をそばだてている

父祖の咳《しわぶき》の聞こえる日がある
まだ生れぬ未来の赤児の泣き声のする日がある
母の　そのまた母の繰り言
わらべ歌をうたいながら
川上の靄の中へ次第に遠ざかってゆくのは
幼い日の兄や妹　大勢のいとこたちだ

悲哀に凍り　歓びに泡立ち
激怒にふっとうする　その流れを
柵にかこわれた水車小屋が
いっときも休むことなく濾《こ》しつづけている

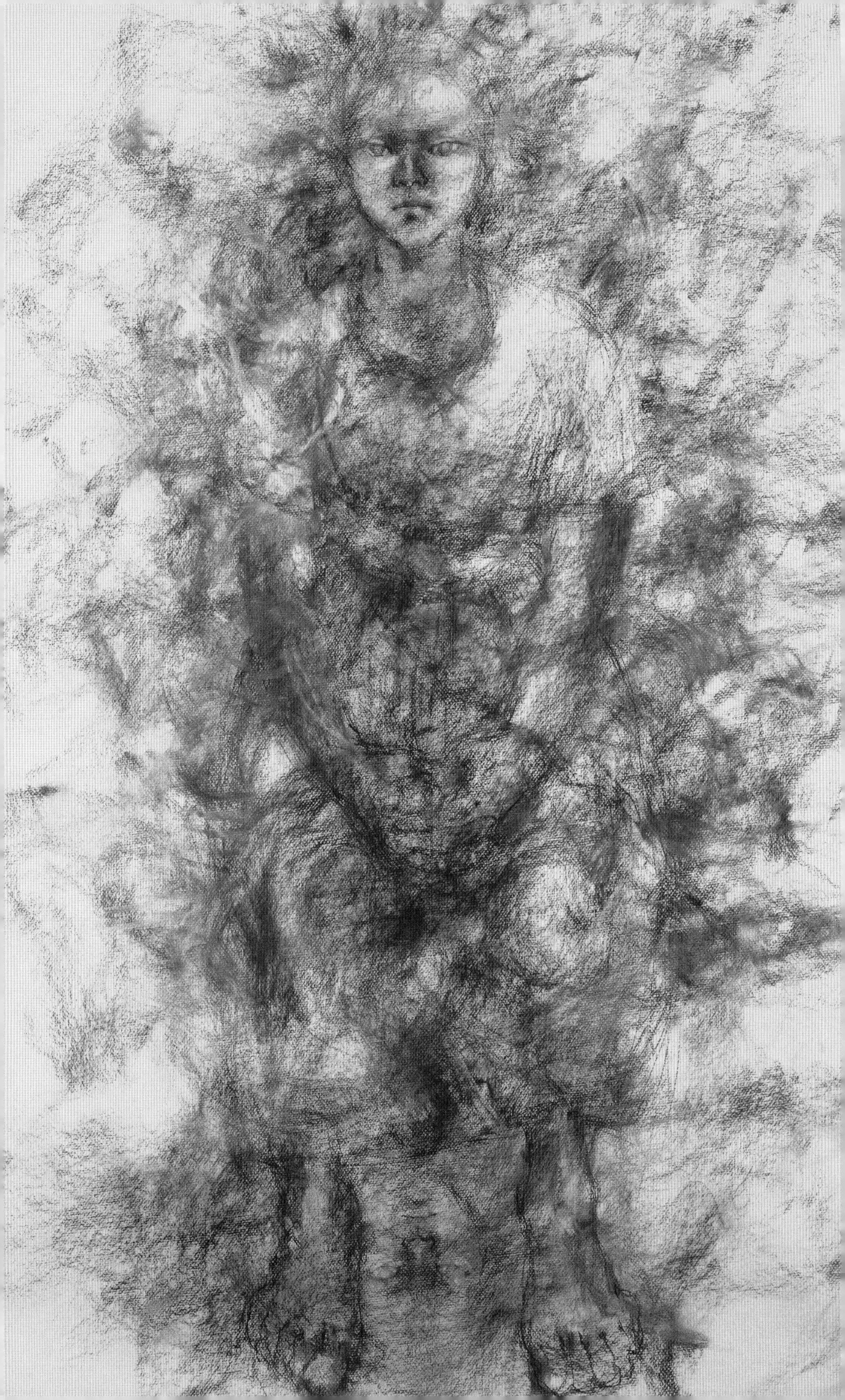

膝

幾重にも衣服で被《おお》ってはいるが
膝小僧よ
屈した日の汚辱を洗い落せずに
いまだにべそをかいている
私のなかの泣虫小僧よ

塔や　虹や　とぶ鳥や
高いところばかり眺めて　追い求めて
私はいま　暮している
けっしておまえを忘れてはいないよ
もうひとつの私の顔よ

しばしお待ち
夜が更けたらおまえを抱いて
しみじみと語り明かそう
ひとびとは賑やかに私を囲んではいるが
おまえにしか持ちかけられぬ
相談もあるのだよ　生きていると

髪

じょうずに　束ねられない朝がある
よその畑の麦みたいで
盗んだわけでもないのに
ますますあわてて　うまく結《ゆ》えない

ばらりと　ほどけてしまう夜がある
丘陵を攀《よ》じ　谷間を匐《は》い
蔦におおわれた城館さながら
私の景色を閉じこめてしまう

私のものなのだろうか　これは
私が眠っているときにも
目ざめて　悲しんでいるときにも
伸びやまぬ　このしぶとい草は

生えているのは
まぎれもなく私の土地だが
栽培主は私のあずかり知らぬ場所にいて
夜昼眺めているような……

蹠《あなうら》

足のうらを見せてごらん
あなたの来し方行く末を占ってあげよう
と或る宴席で老教授が言った

足のうらには
その人のこれまで辿《たど》ってきた道が
刻みこまれているという
これから歩むであろう道も
略図のように示されていると

擽《くすぐ》ったい羞恥心《しゅうちしん》から
私は足袋《たび》を脱がなかった
——というのは見せかけで

ひた隠しにかくそうとした　というのがほんとうだ
古い日記かなんぞのように……
帰るみちみち
足のうらを踏みしめながら私はぼやく

けっして明るい表通りばかりではなかった
暗い路地　禁断の庭
踏み入れた日の記憶が　今よみがえり
ひそかに血を噴く　この足のうら

どろどろどろ

泥　どろどろどろどろどろに疲れて
どろどろどろどろどろ　泥の睡りにはいっていく

どろどろどろ泥の海には岸辺も水平線もなく
垂れさがった天と混って
どろどろど　ろどろどろどろど　ろどろ

わたしは呼ばれる
どろど　ろどろどろど　ろ泥
の中から意志だけが目覚めて起ちあがる
どろどろどろ泥を滴《したた》らせて

わたしは呼びつづけられる
どろどろどろどろどろ泥がしだいに象《かたち》づくられていく
わたしになる
わたしは天をシャッターのように押しあげる
朝日が室内に射し込む

どろどろどろ泥の中に脱け殻をつっこみ
きょうのわたしが何食わぬ顔で浴室へはいっていく
余分の泥を洗い流す
いきおいよくシャワーの音をさせて

臍《へそ》

ものは頭で考える
だが　一生に一度や二度は
臍で考えて
決着をつけねばならぬ時がある

母からカットされた切り口で
きずあとは深く陥没しているが
人間それぞれひとりぼっち　という意識は
どうやら此処《ここ》を発祥地としているらしい

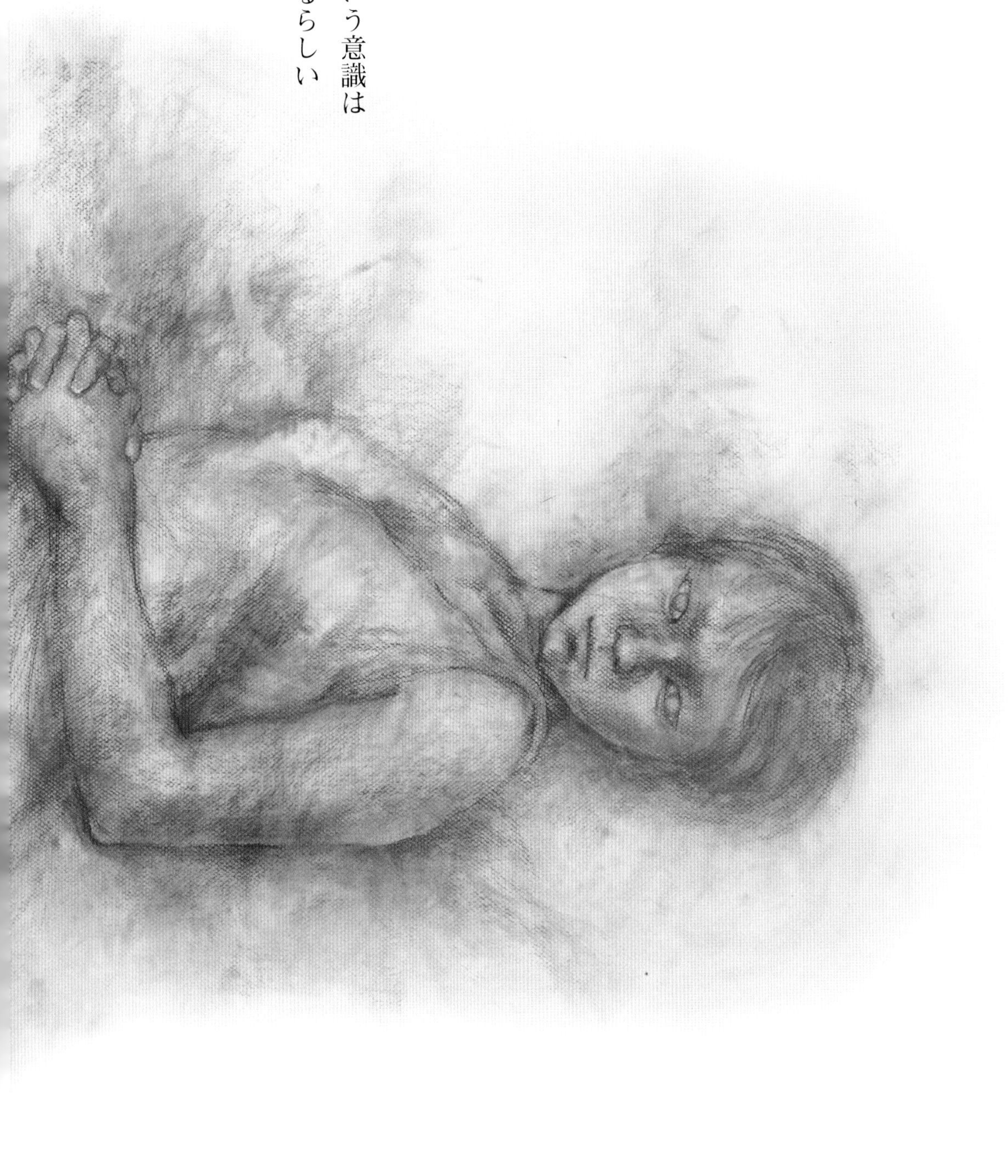

だからおのれの行く道は
臍で考え　臍で決めるのだ

ちからというちからが
たのもしい軍隊のよう　一挙に集合整列する
その時になって　人ははじめて判るだろう
なぜ臍が
からだのセンターにでんと据《そ》えられているか

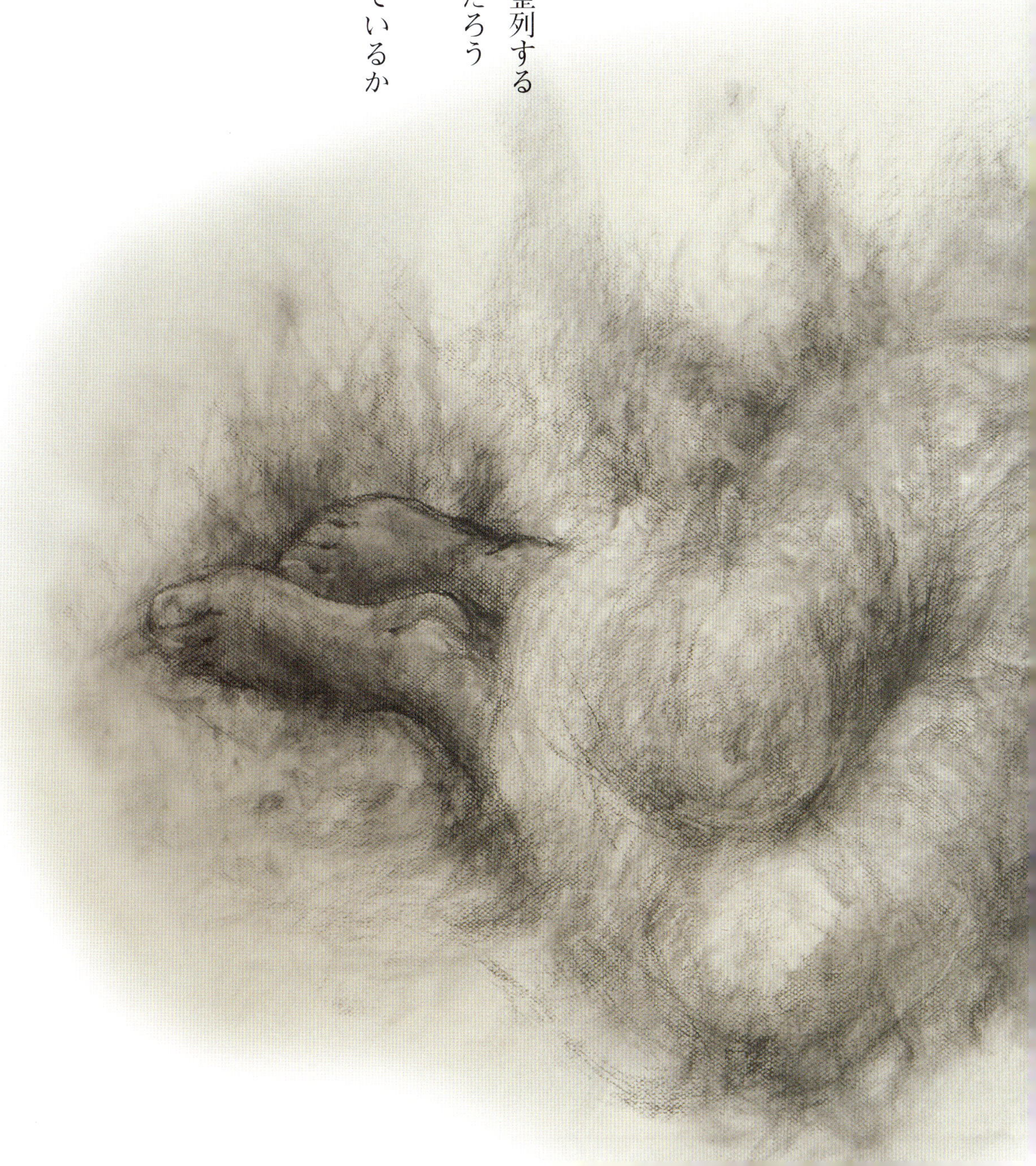

墓

さまようなかれ
女こそ土
と　ひとりの男

あるがままになれ
女こそ大地
とまた　ひとりの男

きみこそわが墓
と三人目の男がいった
おのれの名をわたしに深く彫りつけて

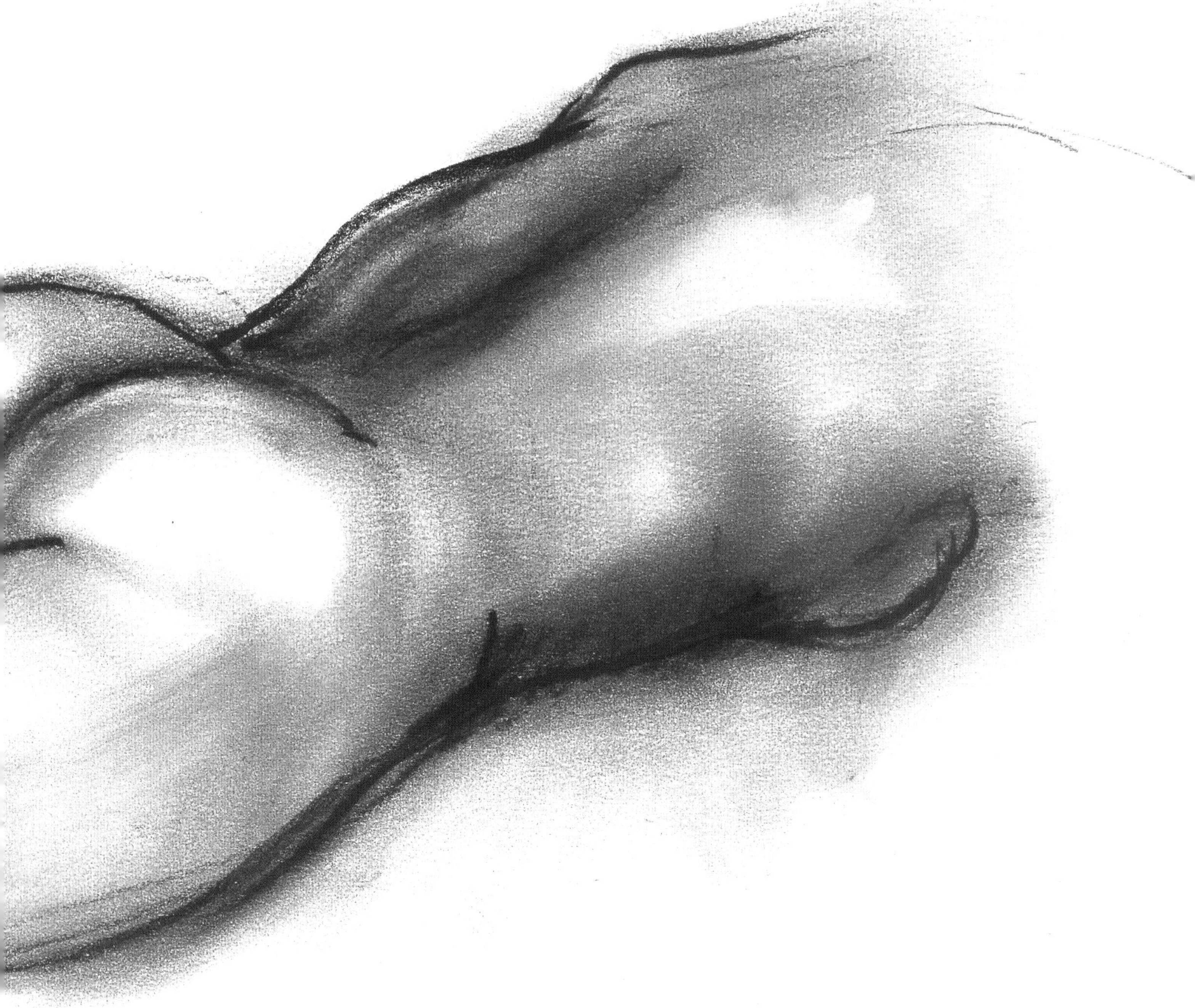

地上の愛 より

ほおでしか
くちびるでしか
首すじを匐《は》うあつい息でしか
わかることができなかった　あなたの愛よ

ゆびでしか
なみだでしか
陽《ひ》に当てたこともない肌でしか
つたえるすべはけっきょくなかった　わたしの愛よ

あなたも
わたしも
神にはなれなくて
どうしようもなく人間だった
あのとき

島

私はたまたま、ここに在る私を住処《すみか》としたにすぎなかった。私はいずれ星を生きるであろう。土蜘蛛、木の枝のオレンジ、雉鳩《きじばと》、もしくは海馬《かいば》を生きるであろう。当初の企画通りに。

私はしばしば、他人の島でも見るような遠い目付で、ここに在る私を眺めやった。そのようにしてうち眺める時、それは一層、たよりなげに揺れる虚《うつ》ろな島であった。

それにしても私は長逗留をしすぎたようだ。あげくは統治者ぶって、わが物顔に島じゅうをのし歩きもした。ほんとうは、一日一日を日雇い人夫のように清算して、さばさばと帰って行くべきだったのだ。どこへ？ 永遠のあの流れのほうへ。私はいつでも漕《こ》ぎ出せるよう、島かげの入江にカヌーを一艘用意していた。そうして、漕ぎ出そうと思えば、いつでもそれは漕ぎ出せたのだ。あの流れのほうへ。

私が、私の霊魂を一時期寄留《きりゅう》させたこの島に、惻隠《そくいん》の情を持ちはじめた、といい出したりしたら、思わぬ長居をしたことへの、歯切れの悪い言い訳になるだろうか。こころもとなげなこの白い島を、せめて、擯榔樹《びんろうじゅ》の緑蔭にいこわせてやってから離れることにしても、さほどの道草にはなるまいと思うのだ。来し方行く末合わせても、シュペルヴィエルの馬が、ひょいとうしろをふり向く程度のささやかな時間だ。

体臭をまぜこぜにして、ひどい馴れ合いに辟易《へきえき》しながら、尚しばらくは、私はこの島にとどまることになるだろう。

土蜘蛛、木の枝のオレンジ、雉鳩、海馬、もしくは星を生きるのは、それからのことでいい。それからのことでよいと、あの大河が呟くのだ。時に、申し訳のように漕ぎ出す私のカヌーを、おおどかな波で島へと押し戻して。

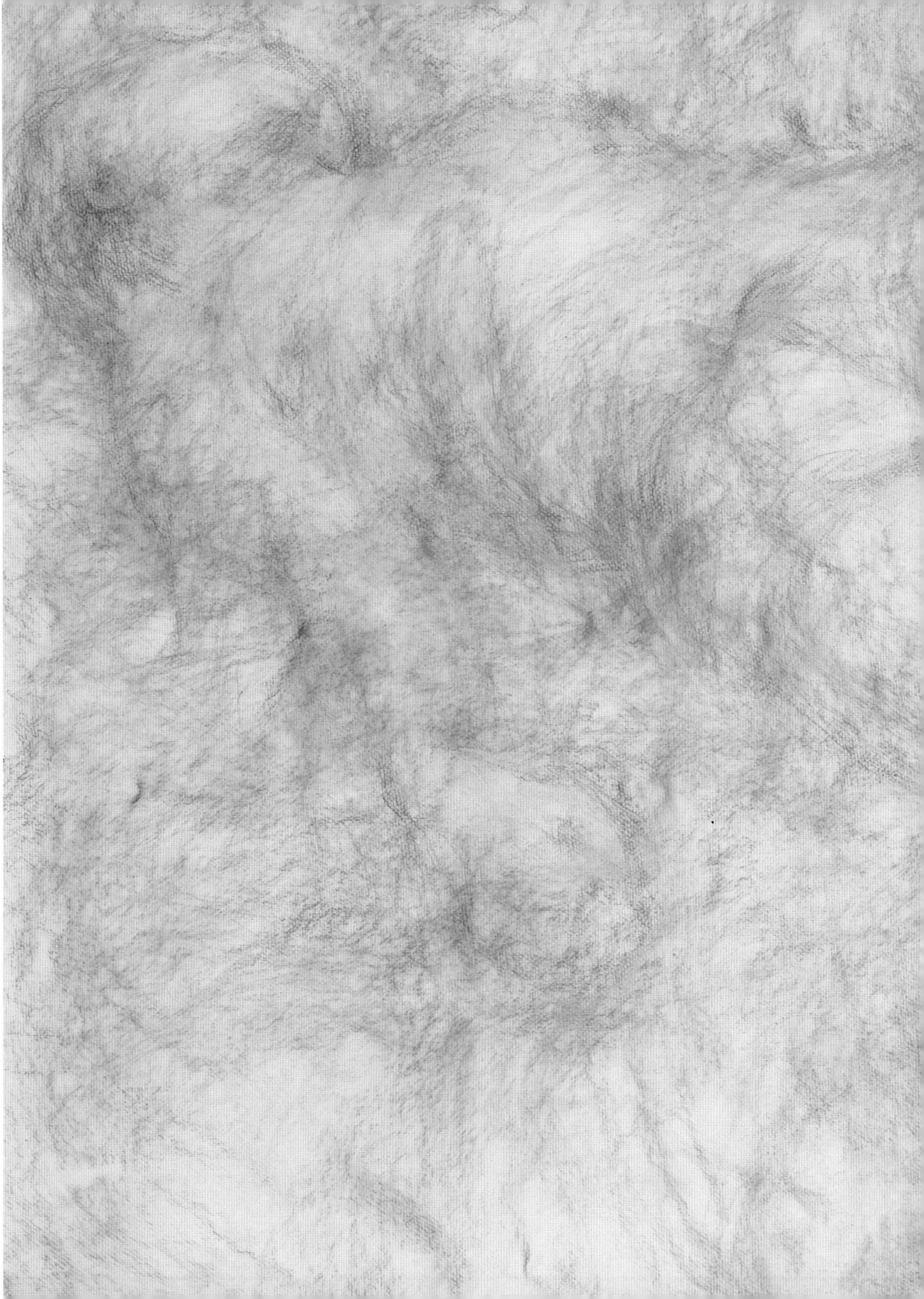

作品リスト

新川和江　詩	甲斐清子　画	技　法	サイズ(cm)
海	ヌード	木炭紙に木炭	100.0× 65.0
かぶりのシャツ	とろとろ眠る子	キャンソン紙に木炭	62.0×110.0
口	少年R	ケント紙に鉛筆	30.8× 21.7
目	眉開く前	ムリロ紙に木炭	100.0× 70.0
青草の野を	少女立像	キャンバスペーパーに木炭	110.0× 40.0
鼻	春に立つ	キャンソン紙に木炭	110.0× 75.0
耳	泣いたあと	キャンソン紙に木炭	110.0× 75.0
顳顬	眸	キャンソン紙に木炭	110.0× 75.0
背中	クロッキー	ケント紙にカーボンペンシル	26.5× 19.3
掌	クロッキー	画用紙にカーボンペンシル	27.2× 14.0
血管	像	キャンソン紙に木炭	110.0× 75.0
膝	うずくまるN	木炭紙に木炭	65.0× 50.0
髪	クロッキー	画用紙にカーボンペンシル	27.1× 23.1
蹠	よし子　その1	キャンソン紙に木炭	110.0× 75.0
どろどろどろ	桑子	キャンソン紙に木炭	110.0× 75.0
臍	うつそみ	キャンソン紙に木炭	75.0×110.0
墓	地上	キャンソン紙に木炭	110.0× 75.0
地上の愛 より	クロッキー	ケント紙にカーボンペンシル	19.4× 26.6
島	白日夢	キャンソン紙に木炭	75.0×110.0
扉絵	黙	キャンソン紙に木炭	106.0× 75.0
見返し	クロッキー	画用紙に木炭	24.4× 34.0
カバー(裏)	クロッキー	ケント紙にカーボンペンシル	20.0× 13.6

[新川和江　詩・初出一覧]

「海」	1979年『現代彫刻』産経新聞社（高田博厚氏の彫刻に寄せて）
「かぶりのシャツ」	1967年童謡同人誌「きつつき」7号
「青草の野を」	1973年出版の少年少女詩集『明日のりんご』新書館
「どろどろどろ」	1976年同人詩誌「地球」62号
「島」	1970年同人詩誌「山の樹」夏季号
「墓」	1975年思潮社版現代詩文庫64「新川和江詩集」未刊詩篇
「地上への愛」より	1968年「新思潮」6月号
「口」「目」「鼻」「耳」「顳顬」「背中」「掌」「血管」「膝」「髪」「蹠」「臍」	学研「幼児の指導」に1973年4月号から74年3月号まで連載

あとがき

ここに収めたおおかたの詩は、一九七〇年代に書いてすでに発表したものです。わが国最初の詩集とされている『新体詩抄』（一八八二年）を捩《もじ》って「人体詩抄」と名付け、人体の各器官をモチーフにして書いてみるのはどうだろう、と遊び心からはじめた連作でした。しかし、歳月が流れ、書き手である私自身の体が衰えはじめた昨今、これらの詩——というよりも各器官は、重い意味をもつようになりました。心だの思想だの、愛だの夢だの希望だのと言いますが、人間はつまるところ、ここに在《あ》る一個の〈体《からだ》〉を根城《ねじろ》にして、自己をいとなんでいるのです。愛だの夢だのも、ほかならぬこの体から、発しているのです。自分でも呆れるほどの、遅い認識です。

一九八三年に創刊した「現代詩ラ・メール」の誌上で、甲斐清子さんの作品に出会い、人体を捉える線描の確かさと、漲《みなぎ》るつよい生命力に圧倒され、いつかこのひとの絵と組んで、詩画集を編んでみたい、と考えるようになりました。「人体詩抄」は思潮社版現代詩文庫の『新川和江詩集』（一九七五年）に未刊詩篇として収録され、その中のいくつかは池辺晋一郎さんの作曲で混声合唱曲となり、たびたび演奏され、音楽之友社から曲集も出版されています。けれど、単行詩集として出版される機会には、恵まれずにいました。

ここに、永年の夢が実現したことを、たいそう嬉しく思います。

つたない詩を活かすべく力をそそいでくださった甲斐清子さん、前回の詩画集『これは これは』と同様、時間をかけて丁寧な本づくりをしてくださった、玲風書房の編集部の皆さま方に、あつくお礼を申しあげます。

二〇〇五年　春　世田谷にて　新川和江

著者略歴

新川和江（しんかわかずえ）

一九二九年茨城県結城市生まれ。結城高女在学中、東京の戦火をのがれて隣り町に疎開してきた西条八十に師事。戦後東京に移住。「プレイアド」「地球」その他に詩を発表する傍ら、学習雑誌・少女雑誌に詩や小説を執筆する。代表詩集として、土、火、水に寄せる三つのオード集を持つ。ほかに多数の詩集・編詩集・少年少女詩集・エッセイ集・選詩集と全詩集がある。現代詩人賞・藤村記念歴程賞・日本童謡賞など多くの賞を受賞。八三年、吉原幸子と共に女性詩人を中心とした季刊詩誌「現代詩ラ・メール」を創刊、十年間編集と新人の育成に携わる。現在、産経新聞「朝の詩」選者。日本現代詩人会会員。

甲斐清子（かいきよこ）

一九四七年宮崎県高千穂町生まれ。南九州短期大学英語科卒業。七一年、太佐豊春に師事し、美術集団「グループ71」を結成、人物デッサンによるリアリズムの新しい可能性を探究し続ける。八一年、宮崎県美術展で特選受賞。同年、第一回個展で針生一郎・大岡信両氏の推薦を受ける。以後、発表活動を続ける。八六年上京、新宿に「甲斐清子デッサン教室」を設立。自らの制作発表の傍ら、「見ることの追求」をテーマに一貫した実践指導をライフワークとして展開する。個展十七回（川上画廊・玉屋画廊・ギャラリーTAMAYA・ぎゃるりしらの・セッションハウス・秀友画廊ほか）／デッサン教室展十九回／町田「新芽会」講師兼任／無所属。

URL http://www7a.biglobe.ne.jp/~kai-drawing

人体詩抄

二〇〇五年五月　一日　初版印刷
二〇〇五年五月十五日　初版発行

著　者　新川和江／詩
　　　　甲斐清子／画
発行者　生井澤幸吉
発行所　玲風書房
　　　　東京都中野区新井二―三十―十一
　　　　パンデコンデザインセンター
　　　　電　話　〇三(五三四三)二三一五
　　　　ＦＡＸ　〇三(五三四三)二三一六
印　刷　株式会社　新晃社
製　本　大観社製本株式会社
　　　　落丁・乱丁はお取り替えします。
　　　　本書の無断複写・複製・転載・引用を禁じます。
ISBN4-947666-34-X C1092 Printed in Japan©2005